Espaguetis
en un panecillo de perro caliente

Tener el valor de ser quien eres

Maria Dismondy

Ilustraciones de Kim Shaw

Traducción de Teresa Mlawer

A Dave, el amor de mi vida... prueba de que
los sueños se hacen realidad.

M.D.

A mamá y papá, por apoyar los sueños de sus hijas
con amor y comprensión.

K.S.

Un delicioso olor a desayuno llenaba el aire cuando el abuelo de Lucy le sirvió una tostada. Lucy le echó salsa de tomate a la tostada. Se volvió a mirar a su abuelo y le dijo:

– *Papa* Gino, Harriet dice que nunca ha oído de nadie que le unte salsa de tomate a la tostada. Su familia pone mantequilla y mermelada.

—Me parece bien, no a todo el mundo le gustan las mismas cosas. Eso no significa que esté bien o que esté mal. Todos somos diferentes. ¡Imagínate qué aburrido sería este mundo si todos fuéramos iguales! ¿Recuerdas lo que es realmente importante? —le preguntó *Papa* Gino.

—Sí, *Papa*. Aunque seamos diferentes por fuera, todos tenemos dentro un corazón que late y siente.

—¡Así me gusta, mi niña! Recuerda: cuando tratas a los demás con afecto y amabilidad, haces lo que es correcto —le dijo *Papa* Gino.

Una vez dentro del autobús, Lucy y su amiga Harriet sacaron papel y crayones. Sentado al otro lado estaba Ralph. Como de costumbre, Ralph estaba solo y observaba por la ventanilla. Se volvió para mirarlas y puso los ojos en blanco.

En el aula, Lucy se sentó cerca de la maestra. Ralph se apresuró descuidadamente y tropezó con el pie de Lucy. Entonces se le quedó mirando fijamente.

—¡Vaya! —susurró Ralph—. Con esa mata de pelo enfrente, no puedo ni ver el libro. Lucy podía escuchar la risa de Ralph detrás de ella. «Oh, no, ¿por qué yo?», se preguntaba Lucy.

Durante el almuerzo, Harriet contó uno de sus chistes para que todos lo oyeran. Mientras comían, sus estómagos se movían con la risa.

Desde el otro extremo de la mesa, Ralph gritó:

—¡Puaj! ¡Qué olor más horrible! ¿A quién se le ocurre comer espaguetis en un panecillo de perro caliente?

Tony y los otros chicos de la mesa movieron la cabeza en señal de disgusto, y se apartaron de Ralph.

—¡Pobre Lucy, con ese cabello tan alborotado! —dijo Ralph.

A Lucy se le aguaron los ojos y se echó a llorar.

En el autobús, de regreso a casa, Lucy se puso a pensar en lo que había ocurrido: «A lo mejor Ralph se porta así conmigo porque cree que ser diferente es algo malo. Ojalá dejara de burlarse de mí».

Lucy se bajó del autobús lentamente.

—¿Qué tal hoy en la escuela? —le preguntó *Papa* Gino.

—Bien —murmuró Lucy.

Papa extendió el brazo y sacó un crayón del cabello de Lucy:

—¿Y qué pasó aquí? —preguntó él.

Lucy no dijo nada.

Esa noche, mientras *Papa* Gino la arropaba, le preguntó:

—¿Tienes algún problema en la escuela?

Lucy se volvió de espaldas.

Él se sentó en la cama y le susurró:

—Recuerda que si algo no está bien, podemos tratar de solucionarlo juntos.

«No es tan fácil —pensó Lucy—. ¿Qué puedo hacer para que Ralph deje de burlarse de mí? ¿Cómo puede tener corazón y ser tan cruel?».

Lucy tardó mucho en dormirse pensando en lo que pasaría mañana.

Al día siguiente, Lucy se sorprendió al ver que Ralph la ignoraba, hasta que… tomó la bolsa que Ralph le dio. Dentro había galletitas de hueso de perro con una nota que decía: «Lo que Lucy come es tan apestoso que a todos nos pone de un humor espantoso. ¡Para Lucy, la del cabello de cucurucho frondoso, un hueso de perro delicioso!».

El latido de su corazón era tan fuerte que estaba segura de que todo el mundo podía escucharlo.

—¡Basta ya! Me duele que hagas eso —le dijo Lucy—. ¡Por favor, basta ya!

Ralph se dio la vuelta y se alejó.

Era la hora del recreo y Lucy se columpiaba sola. No quería contarle a la maestra lo de Ralph. Tenía miedo de que pensaran que era una chismosa. Hubiese querido que *Papa* Gino estuviese a su lado para ayudarla. «¿Qué debo hacer?», se preguntaba una y otra vez. Justo en ese momento sonó la campana dando por terminado el recreo.

−¡Socorrooooooo…! −gritó un niño en la distancia.

−Ralph se ha quedado trabado arriba, en las barras −gritó Tony−. ¡Es para morirse de risa!

«Esta es mi oportunidad. Voy a decirle a Ralph que es verdaderamente CRUEL, muy cruel».

Lucy saltó del columpio y se encaminó hacia las barras.

Cuando llegó junto a Ralph, se detuvo. Lo miró fijamente a los ojos y le dijo:

—¡Lo que hiciste fue muy cruel!

De pie, delante de Ralph, podía escuchar las palabras de *Papa*: «Ralph tiene corazón y sentimientos».

Lucy vio lágrimas en los ojos de Ralph, y en ese momento supo lo que tenía que hacer. Ralph estaba paralizado y le susurró a Lucy:

—Tengo miedo.

Lucy extendió su mano y le dijo:

—Toma mi mano.

Y lo ayudó a bajarse.

Los dos caminaron en silencio hacia la clase.

Cuando el autobús llegó a la parada de Lucy, Ralph le entregó un dibujo.

Lucy se quedó sorprendida.

—Gracias —murmuró suavemente.

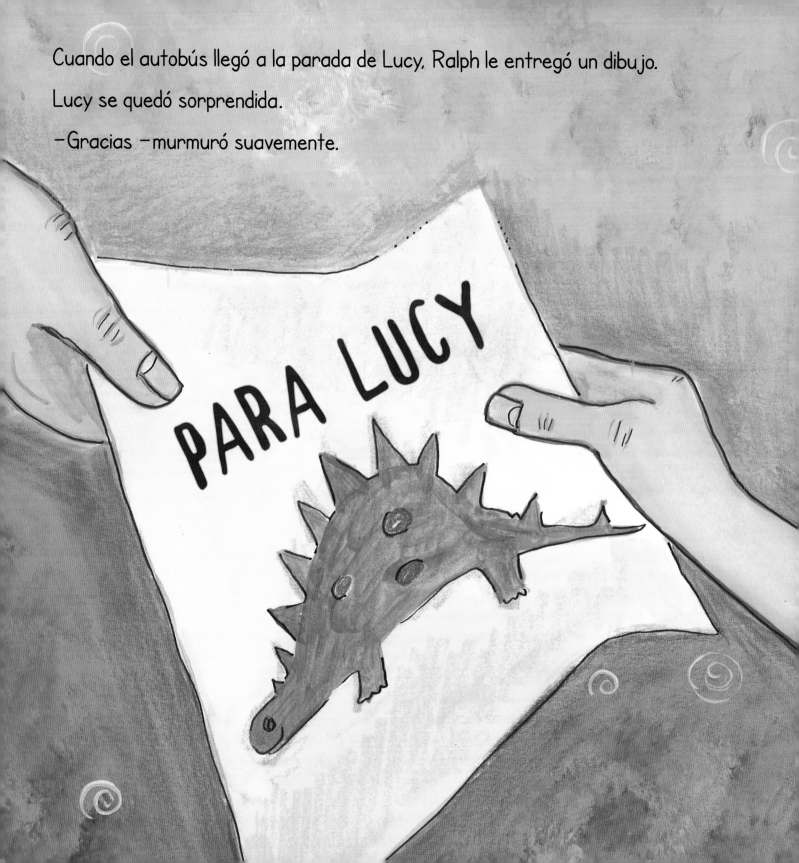

Lucy se bajó del autobús, sonrió y dijo:

—*Papa*, hay un niño en mi clase que se llama Ralph y que ha sido muy cruel conmigo. Pero hoy, él se encontraba en un apuro y yo lo ayudé.

Papa Gino abrazó a Lucy y le dijo:

—Eso muestra un gran valor por tu parte. Estoy seguro de que no fue fácil. Elegiste tratar a otra persona como te gustaría que te trataran a ti. Estoy muy orgulloso de ti, Lucy.

Mientras caminaban hacia la casa, ella le preguntó qué había para cenar. Cuando su abuelo dijo que espaguetis, enseguida supo lo que llevaría para el almuerzo al día siguiente...

Su sándwich preferido: espaguetis en un panecillo de perro caliente.

Maria Dismondy es una galardonada autora de libros que hablan sobre los desafíos a los que los niños se enfrentan, como el acoso, algo que le afecta en lo personal. Su propia experiencia de niña le sirvió de inspiración para escribir su primer libro, *Spaghetti in a Hot Dog Bun*, ahora en edición en español. Maria continúa inspirando a los niños con su mensaje de valor, bondad y confianza en uno mismo. Obtuvo su licenciatura en Desarrollo Infantil y Educación, y fue maestra de escuela primaria durante más de una década. Renunció a su trabajo en el aula para propagar el mensaje que encierran sus libros por las escuelas de todo el país. Maria vive en el sureste de Michigan con su esposo Dave y sus tres hijos amantes de los libros.

Kim Shaw es ilustradora y profesora de Arte, y una eterna aprendiz de todo lo relacionado con esta área de conocimiento. Kim ha ilustrado varios libros infantiles. En su tiempo libre, disfruta del lago Michigan, de acampar y salir en busca de setas con su esposo Andy. Kim profesa un gran amor por la naturaleza, por sus increíbles hijas y por las buenas gentes de Kalamazoo, Michigan. Espera ampliar su conocimiento de todo este mundo que la rodea a través de su arte y amor.

¡En este mundo tú eres ESPECIAL!

1. Siéntete orgulloso de ti mismo.

2. Quiérete a ti mismo.

3. Ten coraje.

4. Sé generoso y comparte.

5. Haz que cada día cuente.

6. Celebra las diferencias.

7. Realiza actos de bondad.

8. Comparte una sonrisa.

9. Perdona.

10. Nunca te rindas.